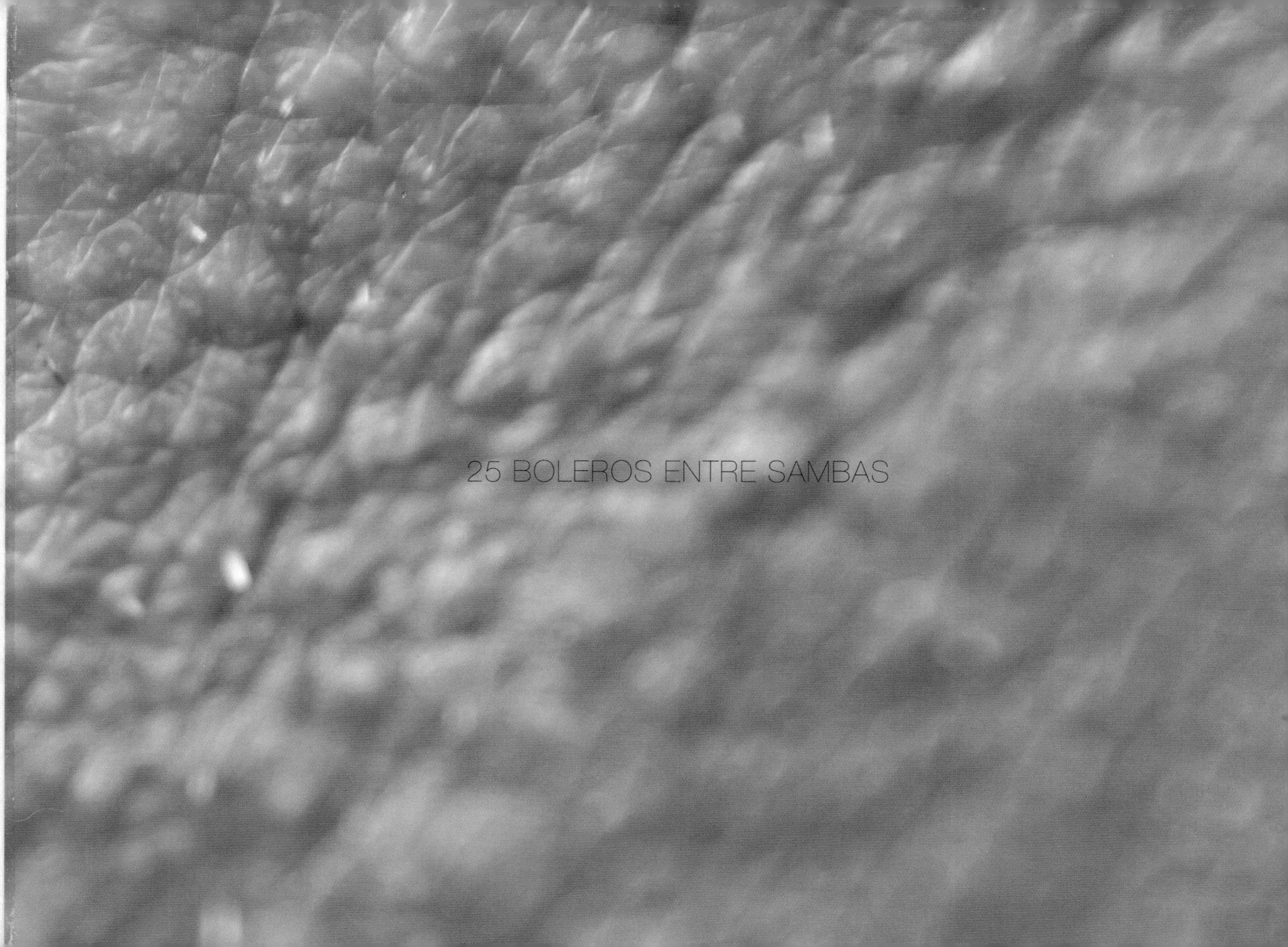

25 BOLEROS ENTRE SAMBAS

sumário

Waldemar Euzébio Pereira

25 Boleros entre Sambas

1ª Edição

2014

MAZZA edições

"Bolero [Do esp. bolero] s.m. 4. Espécie de casaco curto, com mangas ou sem elas, usado por cima de blusa ou camisa" (aqui foi tomado no sentido de texto curto, com título ou sem ele).

"Samba [Do quimb. Semba, "umbigada"] s.m. 3. Arrastapé" (aqui foi tomado no sentido de rodapé, à semelhança do debrum do bolero, como intertexto, fugindo-se à tentação do título).

(NOVO DICIONÁRIO AURÉLIO DA LÍNGUA PORTUGUESA. 2. ed. Rio de Janeiro: Nova Fronteira, 1986. p. 270 e p.1543)

Semelhante à partitura musical, findo o texto poético, surge a notação "D.C. al fine": comando para o músico (aqui para o leitor) voltar ao princípio, tocando (lendo), até encontrar a palavra "fine" (final), encerrando-se a execução (leitura).

Apensa-se pesquisas sobre "Reflexões sobre o Bolero e sua História" e "Apontamentos sobre o Bolero: da escravidão africana, até a globalização".

(o Autor)

Apresentação

Re Cantos da Palavra

Desde os tempos em que os deuses nasciam das vontades humanas, música, poesia e artes visuais se aproximam e trocam experiências. Ocioso indagar qual terá surgido primeiro, se a nota ou a sílaba, a melodia ou o verso, a letra ou o traço. Desde os primeiros hinos e encômios, muitas vêm sendo as trilhas seguidas por uma e outra, e muitas as encruzilhadas: momentos em que podem apenas ensaiar um cumprimento e seguir adiante ou dar as mãos e dialogar rumo a novos caminhos.

Em *25 boleros entre sambas*, o criador inventivo que estreia em *Prosoema* dando asas à experimentação, se junta ao poeta cioso de sua arte presente em *Do cinza ao negro*, ao contista maduro que encontramos em *Achados* e, também, ao instrumentista talentoso e ao compositor de apreciado repertório. Todos estão presentes, a se somarem num Waldemar Euzébio Pereira ainda maior: artista de voz e letra, mas agora também de verso e traço, texto e imagem, a jogar com palavras e cores, semeando-as no branco da página.

Nesse entrecruzar de experiências e linguagens ganha força a poesia, grávida de novos sentidos e valores. Em *25 boleros entre sambas*, o poeta-músico se junta ao fotógrafo Jorge Quintão – artista da forma e da imagem como poesia. O resultado é uma elaborada construção intersemiótica em que a palavra parece flutuar e bailar perante os olhos do leitor. A poesia cresce no diálogo com a página que lhe dá suporte, traz a imagem para dentro de si. A ilustração deixa de existir enquanto simples moldura para o verso, passando a integrá-lo na materialidade do texto.

E tudo isto para cantar o amor e o ser amado; a vida e a experiência de corpos e destinos compartilhados. A musa desses boleros é "arco de violinas notas" ao mesmo tempo que "pincel de recônditas curvas / exposta em tela". Em sintonia com seu tempo, a poesia de Waldemar Euzébio ganha uma inédita dimensão sanguínea, vital, a ligar eros e boleros, num canto ao corpo e ao prazer que, no plano formal, leva a recantos inauditos das palavras. Figurações musicais e pictóricas são presença constante, ao lado de ritmos e cadências provindas da oralidade, a ecoar *griots* e trovadores, e a promover o entrelaçamento de um texto ao outro para além do ponto final. Assim irmanados, os poemas-boleros-sambas de Waldemar Euzébio Pereira se imbricam a formas e cores para edificar um belo hino ao amor.

Eduardo de Assis Duarte

OO - Instrumentos

seu corpo
morada de Deus
em visita ao paraíso

bastante é não se esquecer
lhe fora dado
sob medida de merecimento
esforce-se por conhecê-lo
e usá-lo em conformidade
com o templo divino que é
não o constitua corpo de delito

todo corpo sobre a terra perecerá
sofrerá o efeito inexorável do tempo
que inexcedível segue impassível
seu caminho em direção ao impessoal

não o maltrate
nem o queira mal quando dele
atributos forem retirados
quando dele quase nada mais restar

Deus continuará a habitá-lo
até contar o último segundo
antes da volta
aí... ele se reintegrará aos elementos
dos quais fora tomado por empréstimo

ao pó retornará o pó

(: horas são o corpo)

fine*

O - Intro

a palavra revelada
pós-fotografada
re vista de ambos os lados
fria
assexuada
presa de todas as surpresas
desnuda de seus acentos
grave ou agudo

transparentemente violada
não é a mesma

mitificada
grávida de seus teres
e haveres de uma arcádia
dentária
de sua sina e signos
múltiplas formas
semi óticos olhares
polissêmicas se mentes
de girassóis encantados
de brilho de sóis
em seus cabelos
dos sais dos seios
alhos
olhos e bugalhos

mormente se disparada
dalgum carrossel
ou dossel
donde displicente mente
se deita minha amada
arco de violinas notas
pincel de recônditas curvas
exposta em tela
que a natura vela
à espera de seu corcel

. TUTTI

renoir renoir
nunca um pincel
fora-me tão fiel
à natureza exposta
em abundância e luz
de sol
movimento e dança

dúplices bocas
mãos
íntimas mucosas
pétalas de rosas róseas
perfu(or)mando o caminho do
para/íso/diso/cinema
escopo do artista
submerso/emerso duma
tela ao alcance dos sentidos
todos

1.

beijo-te em riso
festo
manhã entre
aberta
de fresta e sol

(: prima viril)

2.

chama de pureza
chama de incerteza
chama de incendiar

chama de novelo
chama de cabelo
chama pra se aconchegar

chama de menino
corre bate o sino
chama sino coração

chama de sineiro
chama amor primeiro
chama não se apague não

(: mi sal)

3.

nenhuma oferenda
serviria melhor a deuses
que os carinhos de tua boca
o doce par de seios
tua vulva incandescida
onde se inicia e finda o paraíso

(: ofe rendas-se)

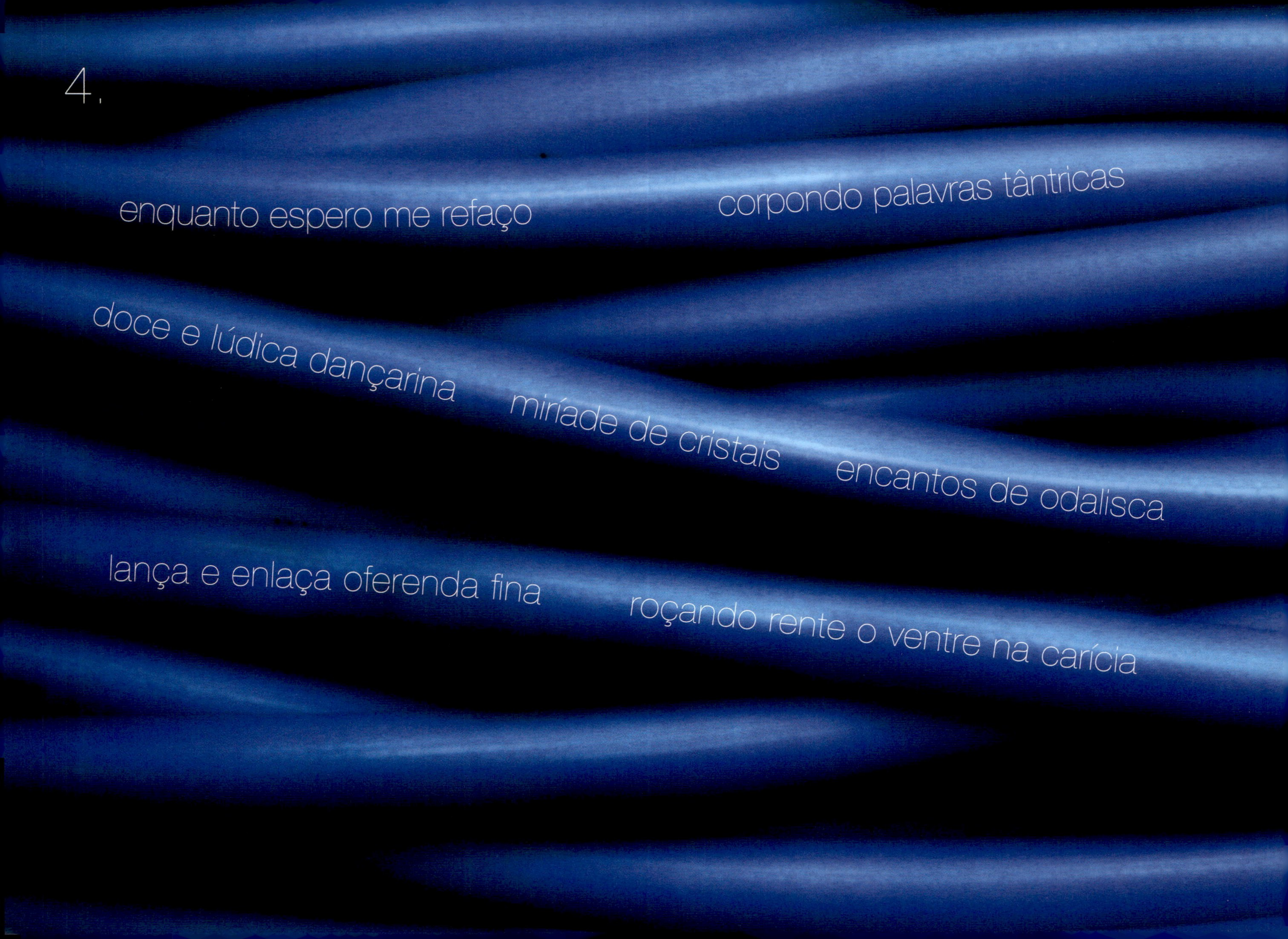

4.

enquanto espero me refaço
corpondo palavras tântricas

doce e lúdica dançarina
miríade de cristais
encantos de odalisca

lança e enlaça oferenda fina
roçando rente o ventre na carícia

em óleo que nutre e unta   as suaves ondas desse mantra

em vórtices rítmicos de mandala

omolucu* tata** omolucu tata omolucu   (: maes trina)

*[Do ioruba] s. m. Bras. Comida feita com feijão-fradinho e ovos. (NOVO DICIONÁRIO AURÉLIO DA LÍNGUA PORTUGUESA. 2. ed. Rio de Janeiro: Nova Fronteira, 1986. p. 1223.)

**s. m. (1) Nos cultos de origem banta, grande sacerdote, chefe de terreiro (OC). (2) Na linguagem familiar gaúcha, o mesmo que papai, papá (ZN) - Do termo multilinguístico (quimbundo, quicongo etc.) *tata*, pai. (LOPES, Nei. Novo Dicionário Banto do Brasil. Rio de Janeiro: Pallas, 2003. p. 210.)

5.

arme arma
d'ilha
ao prato nosso
de todo dia
e a cada cila(ba)da
sirva salada variada

(: per ene idades)

6.

nada de palavras
busque o silêncio

a música o ritmo
a música o ritmo

esqueça
a
fresta
despeça o dia

dance inteira
música e poesia

deixe o infinito
jungir nossos corpos

se explodirmos
juntos seremos
miríades de sóis
nova andrômeda

aquieta-te por favor
aquieta-te não por favor

a música o ritmo
a música o ritmo

não
por favor
estamos à porta do céu

(: me dita ação)

7.

o tempo
como quer que seja
dito
ou escrito
é uma fração do infinito

após amada
descansas calmamente
tua cabeça em meu colo
e sentes em segundos
a eternidade

quanto vezes nos repetiremos?

(: ser o não ser)

8.

boleros eros
te quero tanto
aos
cantos
onde
denga
e
aconchega
a
coxa
roxa
à tala do feitor

(: contra dita)

9.

lâmina de cristal
exposta à luz
que invade e desnuda

corpo de vinho
a ser degustado
de trêmulos lados

toque delicado
à borda úmida
vibra tátil indefinido néon

vazios agudos
cintilando lilases
fendas fletidas pela sensibilidade

entregue
vibro mais que asas
e exijo debiques delicados
de bico de beija-flor

olhos semi-áridos
verberam-me ardem-me
subtraem-me mais
que posso possuir

vencida
pela chave sutil do olhar
revela-se-me a prata
que me faz espelho

(3x4 lambe lambe)

10.

sutilizar no olho
a ilusão do olhar

reinventar rotas
ao calor das mãos

esquecer a noite
e desprezar o dia

ser o único ritmo
nossa sinfonia

se restar desejo
por favor

não acabe o beijo
tire os pés do chão

(: com seios)

11.

não sou rainha
o real de mim
talvez nem o sonho
em que fui sonhado
por isso lhe confundo
afirmando ou contrapondo
o vulgar e o profundo

amor rainha
é travo amargo cravado
no centro do umbigo
por jamais dá-lo
ou haver conhecido
embora afirmas sempre
fazer comigo

quão diversos rainha
seríamos talvez
se merecêssemos a graça
de uma pétala dessa flor
então amor se explicaria
porque não posso ser teu
e tu não podes ser minha

(: uni ver sal)

(coro):

beijo-te
nesta manhã
banhada
em fresta
e sol
pássaro de fogo
flor
da manhã

12.

se me dás tão-só
a possibilidade do breu
teu sol cegará meus olhos
e certamente
serás minha única luz

se me dás tão-só
a beleza de tua luz
passado o meio dia
me perderei
no escuro de minha sombra
(: luz cidez)

13.

uma paixão insana
me assoma e abala
menos pelo que me arrebata
e me consome em chamas
mais pelo que mente
abafa
me acovarda
e cala

(: claustro fódico)

14.

melhor seria
se esse coração andarilho
desmanchasse trilhos
e se deitasse à margem
da emoção em paz
melhor seria se esse coração
peregrino
frágil que nem menino
brigasse pedisse e fizesse já
o que não faz

melhor seria
se esse coração mendigo
dissesse o que calo e sigo
menor murado medroso
incapaz
melhor seria
se esse coração noturno
perdesse esse ar soturno
cantasse dançasse um tango
zombando de alcatraz

15.

não concedo ao amor
o que à paixão concedo
o primeiro é cais de chegada
o outro é porto de embarcação

e o mar rainha é puro encanto
todo incerteza de desembarque
desafio maior que a imaginação
doce prelúdio que
antecede ao pranto

mas se uma brisa
retraz a maresia
uma onda alonga e
desafia o horizonte
ai rainha... tramonto*
perdão não chora
o marinheiro acorda
estufa o peito e parte

aí rainha...
não há morte que o separe

(: ave turra)

*Do italiano tramonto (pl. tramonti) "s. m. pôr-do-sol, ocaso; poente. *Fig*. declínio, decadência; fim." (POLITO, André Guilherme. MICHAELIS pequeno dicionário italiano-português, português-italiano. São Paulo: Melhoramentos, 1993. p 318.)

16.

em meio à procela vera
velas pra que içar?
viver é fúria de vento
procela sem vela e mar

veleja que eu velo vidas
sem tempo pra descansar
que vida é quase tormenta
sem vento sem vela e mar

não há recolher velas verinha
se estamos em pleno mar
em meio à procela
vera

que velas que vida há?
enquanto balança a barca
dança
e canta sem se importar
mas
não tenta perder o medo
nem tenta beber o mar

se tece na incerteza
medra
e arreda do seu lugar
faça dum corpo a tenda
e apreenda
quem nunca vai lhe abrigar

(: pro cela)

17.

gosto de dizer amor
com a pureza dos ingênuos
a elasticidade da brisa
e abanar saias
varais e chapéus

gosto de abandonar-me ao amor...
como nau à deriva
adernar ao sabor das ondas
senhor do tempo
possuidor do infinito
impossuível

gosto de fluidificar amor
ser líquido que passa
sem gravata
sem mística
nem posses refletidas

gosto do poder
concedido ao amor
fazer-se
dar as costas
e seguir direção do vento

mas algo me diz
seu coração não aprendeu
a ser só coração

18.

o tempo
o tango
a récita
viva apenas
a variação sobre nós mesmos
polifônica
monocórdia

duo de cá formula
o tempo com passo de marcas
o tango es lo passado doble
a réplica é tempo perdido

não será o alimento que nos come?

(: amar e linhas)

19.

zumbido de abelha
sem proveito de mel

fui tecelã dos dias
de tua ausência
intenso entremear
de horas e silêncio
doido pelear no invisível
refundida
em tuas evanescentes formas

zumbido de chuva
sem proveito de raiz

fui aridez de pranto
que não buliu no lábio
nem restaurou
a liquidez do olho
apenas arfar de peito
mente aflita em
mar de larvas

navegar de naus
sem timão e mapa
a fazer-me cais
de múltiplas rotas

onde jamais aportas
por não ter partido

20.

dedilha
a
ilha
dedilha
lira de infinitas
possibil
idades musicais

dedilha
a
ilha
ded
ilha
redondilhas
rendilhas
rondós
reinventa a trilha e dedilha
ded
ilha
a romper os nós

(: salsa par ilha)

21.

não me acalmam sentimentos
o perpassar de gestos nuanças
sutilezas e brilhos de gotas
cristalinas
abensonhadas pelo sol
envaidoidecendo o verão

danças pictóricas corpondo
refinados olores
sutis e delicados humores
harmônicas lânguidas ausências
a deserdar-me da irmandade
do essencial

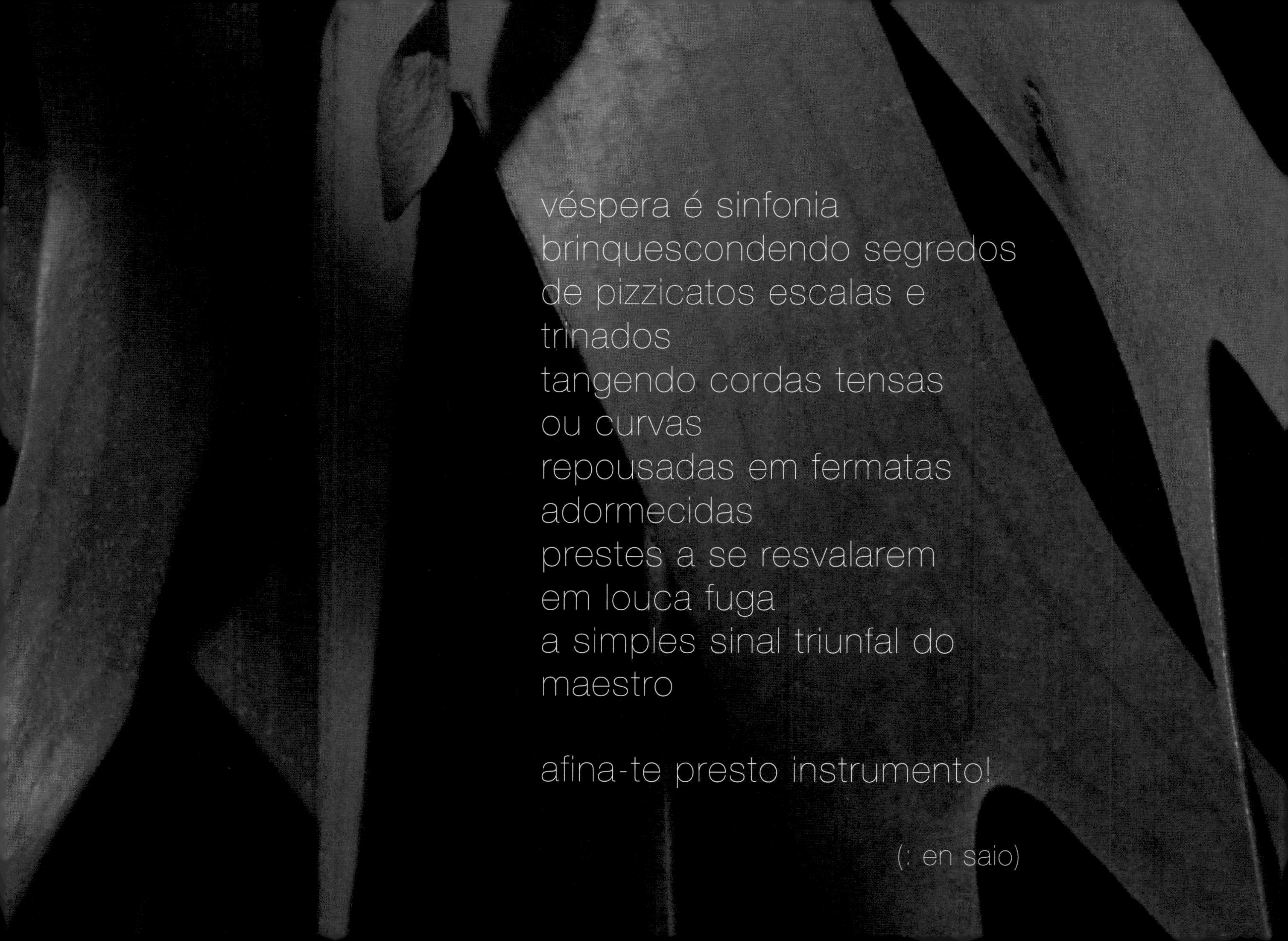

véspera é sinfonia
brinquescondendo segredos
de pizzicatos escalas e
trinados
tangendo cordas tensas
ou curvas
repousadas em fermatas
adormecidas
prestes a se resvalarem
em louca fuga
a simples sinal triunfal do
maestro

afina-te presto instrumento!

(: en saio)

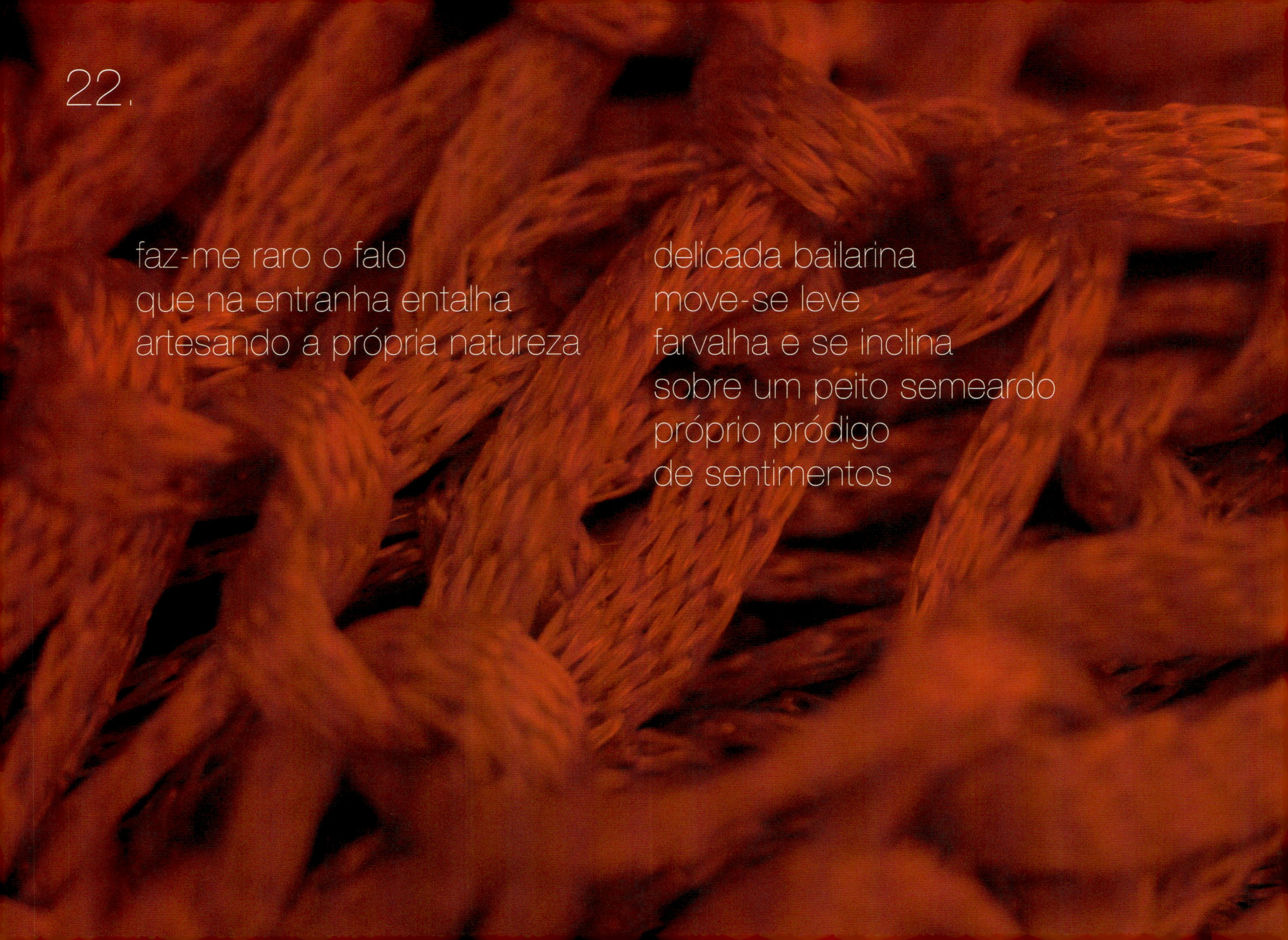

22.

faz-me raro o falo
que na entranha entalha
artesando a própria natureza

delicada bailarina
move-se leve
farvalha e se inclina
sobre um peito semeardo
próprio pródigo
de sentimentos

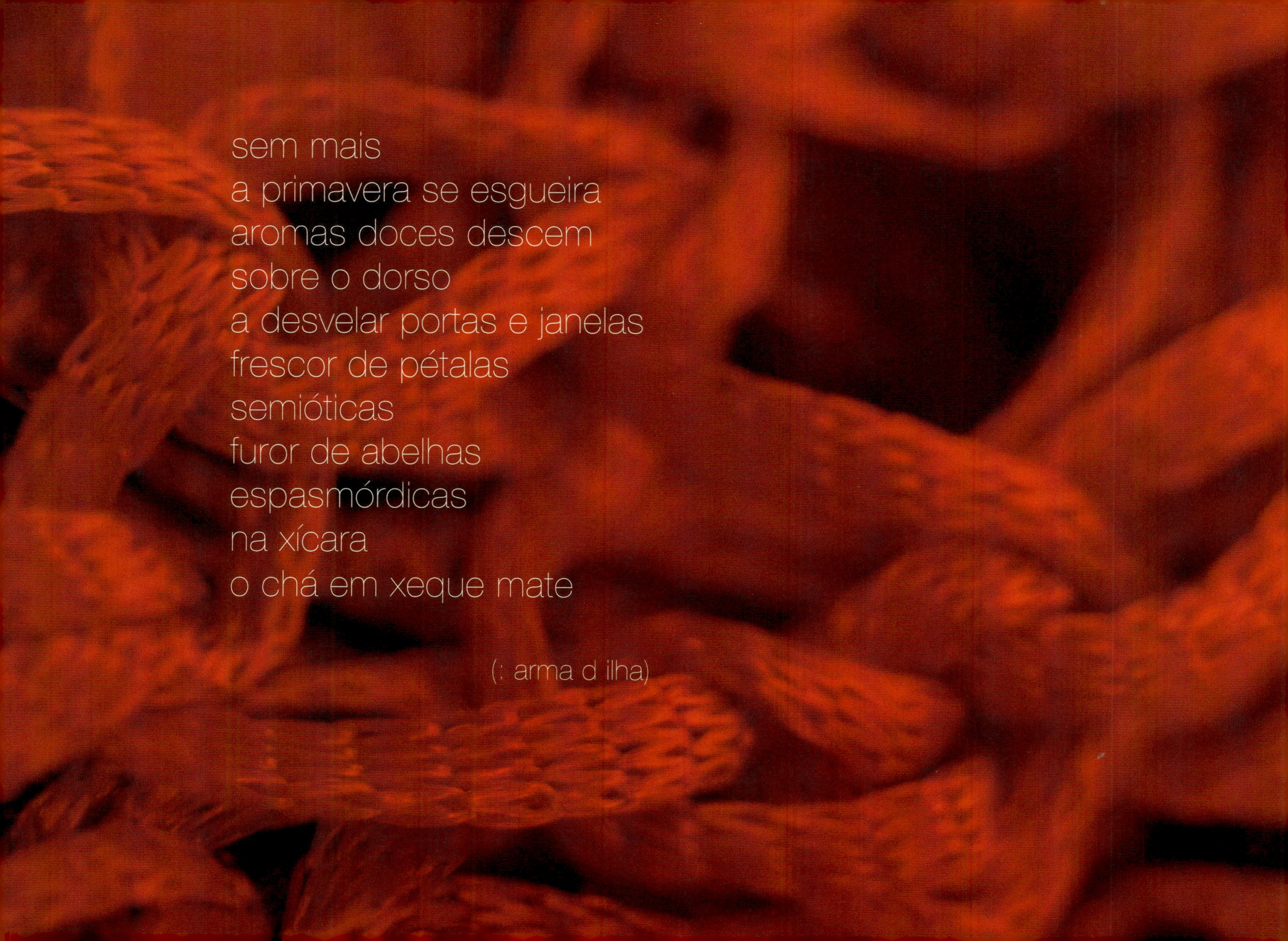

sem mais
a primavera se esgueira
aromas doces descem
sobre o dorso
a desvelar portas e janelas
frescor de pétalas
semióticas
furor de abelhas
espasmórdicas
na xícara
o chá em xeque mate

(: arma d ilha)

23.

às vezes me pacifico
assim
imperceptível
fico quieta
hiber nada
nula de movimentos
só o cérebro ferv ilha

em redondilhas
sevilha
em redondilhas
sevilha

enquanto dançamos
maravilhas de bailados
a roda da vida rodopia
e uma vertigem lassa
me alcança e me
abraça

em redondilhas
sev ilha
em redondilhas
sev ilha

antes que me dêem por morta
agarro um touro a unha e
já estou pronta pra outra
(: tor e a dor)

24.

querer é âncora
ser multiplicado
em cada pedaço desejado

cão doidejando luas
nuas escarpas
ao sabor do mar

um canto um colo
esta canção amiga
são quilhas alçadas
sem deitar partilha

pesam-me os muitos
de mim
assomam-me sobras
de desejos renovados

boleros eros
quanto te quiero
deixem-me ir

25.

círculo:
fecho que se fecha
e nos enfeixa desiguais?
ou
sinal de ciclo
a que somos fatais?

(: reco erencia)

𝄞

D.C. al fine

"Chama não se apague não"

"Chama não se apague não"

Reflexões sobre o Bolero e sua história[1]

Reflexiones sobre el Bolero y su historia

Resumo

Considerado como uma dança imortal, o Bolero tem uma origem nebulosa, sendo explicada por diversas teorias que, em sua maioria, apontam seu surgimento na Europa. Teria vindo para América, especialmente Cuba, se fusionado com ritmos africanos e a partir daí se disseminado. Há referências a Sebastian Lorenzo Cerezo como dançarino, primeiro criador de uma dança chamada Bolero, entretanto, há registros de outros dois dançarinos: Anton Boliche e Pedro de La Rosa. Em seu surgimento, o Bolero como música e como dança era bastante distinto do que hoje é conhecido por este termo. Na época de Cerezo o referido ritmo era ternário e atualmente é binário e quaternário, o que reflete diretamente na forma de dançar. A literatura não é precisa sobre como a mudança de ternário para binário e quaternário teria ocorrido, e pouco do que se encontra está publicado de maneira científica. Propõe-se como explicação, que o elo entre os boleros, talvez pudesse ser seu discurso poético.

Introdução

Segundo Terán-Solano (1999), há muitas teorias sobre a origem do Bolero e a maioria delas aponta seu surgimento na Europa, mais precisamente Espanha, sendo inicialmente, uma dança de movimentos suaves que eventualmente são rápidos. Mas, a primeira referência a uma dança de nome Bolero que se conhece, se deu no período que a Espanha estava sob o domínio árabe, no século X, na procissão de Santa Águeda, em Zamora/Espanha, sob a terminologia "Bolero de Algodre" (Caminada,1999; Aubero e Aubero, 2001) (...)

Perna (2005) lembra que a Espanha foi foco de irradiação cultural para o mundo latino nos séculos XVII e XVIII e para o autor, o bolero tem origem em danças espanholas do século XVIII. Conforme Terán-Solano (1999), o Bolero teria vindo para América, especialmente Cuba, se fusionado com ritmos africanos e a partir daí se disseminado, abrangendo do México à Argentina, incluindo o Brasil e tornando-se um patrimônio coletivo (...)

Acosta (2003) cita que a palavra tem muitos significados distintos, por exemplo, na Espanha pode ser uma pessoa que cuida de novilhos, um mentiroso ou uma música que se dança ao som de guitarra, pandeiro e castanholas. Segue informando que na América pode ser: um "sombrero de copa" (Guatemala) e um "limpiabotas" (México). Neste sentido, podemos lembrar que no Brasil a palavra bolero não remete somente à música e dança, mas, também a uma peça do vestuário feminino, que consiste em um casaco curto, com ou sem mangas, e que se usa por cima de outra roupa (Aulete, 1964; Michaelis, 1998)(...)

Desta forma, é possível concluir que a definição da palavra bolero é complexa, sendo ela polissêmica ao assumir tantos significados. Entende-se para a dança que o termo Bolero designa uma quantidade grande de danças sem uma origem comum (...)

Maristela Zamoner
Mestre em Ciências Biológicas, UFPR
Especialista em Educação, IBPEX
Licenciada em Ciências Biológicas, UFPR
Bióloga do Museu de História Natural do Capão da Imbuia, Curitiba
maristela.zamoner@gmail.com

Cristovão Christianis
Coordenador do Curso de WCapacitação
para Professores de Dança de Salão, SPEI/PR e FSG/RS
Docente da Pós Graduação em Teoria e Movimento
da Dança, com ênfase em Danças de Salão, FAMEC/PR
Graduando em Educação Física, UTFPR
Diretor Técnico da rede Oito Tempos Dança de Salão
cristovao@oitotempos.com.br

1 Disponível em: <http://www.efdeportes.com/efd159/o-bolero-e-sua-historia.htm>. Acesso em: 27/11/2012.

Apontamentos sobre o Bolero: da escravidão africana, até a globalização

Juan Podestá Arzubiaga

O que é bolero?

Há muitíssimas e variadas definições sobre o bolero.

Manuel Vásquez Montalbán afirma que é um discurso amoroso que nunca se acaba e se renova permanentemente. Pedro Delgado Malagín diz que é uma atmosfera, um clima e uma tensão; para Gladis Lara o bolero é uma forma usada para mostrar o lado mais humano da América Latina; o venezuelano Manuel Bolívar Grátenol afirma que é um modelo existencial que se repete em nosso cotidiano e que faz parte do nosso aprendizado amoroso e sexual; Jaime Pérez Dávila afirma que este gênero musical é amor por alguém, também é pedido amoroso, desejo, falta dolorosa e dano causado pelo amor; Rafael Castillo Zapata define o bolero como um discurso realista e que tem uma forte eficácia dramática; Clara Roman Odio afirma que estas músicas são parte da tradição do discurso amoroso do Ocidente, acrescido da lírica, do romantismo e do modernismo exagerado; para o peruano Eloy Jáuregui os boleros são uma filosofia que permite suportar os rigores do amor; Jaime Fleites afirma que esta música é a expressão cultural de um grande conglomerado de gente que assumiu sua singularidade, sem nenhum tipo de inferioridade frente às manifestações transnacionais da cultura global; para Ignacio Vélez Pareja é uma música com verso derrotista, pessimista e que induz à melancolia. Para o colombiano Jorge Eliécer Ordóñez, a América Latina tem no tango, no corrido mexicano, no futebol e no bolero as mais radicais de suas essências culturais. Para Carlos Ossa, o bolero se iguala ao nível de desenvolvimento da economia e cresce junto com a expansão de suas cidades, também frisa que é um paliativo para compensar a ausência dos serviços sociais básicos e serve para fugir da solidão e acreditar-se livre.

Não obstante, o bolero também é um conto que narra coisas simples e sinceras que acontecem entre as pessoas, preferencialmente entre homens e mulheres, e também narra histórias de relacionamentos entre casais, como no bolero "Tú me acostumbraste", de Frank Domínguez, ou "Macorina" de Chavela Vargas. Boleros são histórias ou contos que contêm um enredo, que apresentam um problema, uma oferta ou uma intenção. Também descrevem situações, expõem opiniões sobre as coisas, expressam desejos, omitem decisões ou propõem soluções. São histórias que dizem que algo ocorreu ou que está por ocorrer; se expressam de um modo especial, utilizando uma linguagem metafórica e a força de suas ideias devem ser amplamente elaboradas pelo ouvinte; os boleros que são aprendidos de imediato contam com o apoio do erotismo.

Por outro lado, também é um discurso de amplo expectro, que interpreta as experiências e afetos de muita gente, abarcando a todos: brancos, negros, indígenas, migrantes, adultos, jovens, idosos e acadêmicos. Definitivamente, estas canções cobrem uma gama enorme de situações e experiências; falam do amor em geral, mas o faz com uma inigualável capacidade de abordar situações muito específicas, dizendo coisas muito pontuais que tenham ocorrido entre duas pessoas; descrevem casos que explicam por que muitos homens e mulheres abandonam seus pares, como também esclarecem as razões pelas quais se vai o amigo ou vizinho que conhecemos; falam de muitas mulheres que não suportam seu homem, mas também se referem à mulher que inspira o amor; descrevem casos de beijos apaixonados entre homem e mulher, porém Juan Podestá / nas notas sobre o bolero: desde a escravidão africana... Ao mesmo tempo, falam dos beijos que ela, uma pessoa com nome e passaporte, alguma vez lhe deu. Neste sentido, o bolero é, ao mesmo tempo, global e particular, é a combinação perfeita entre astrolábios e teodolitos, serve a homens e mulheres, e aos da coluna do meio; ao jovem e ao grisalho, ao gordo e ao magro, ao que engana ou foi enganado, ao passado, ao presente e ao futuro, serve para cantar aquela noite perfeita e aquele dia trágico, sem sombra de dúvidas, é útil para o pobre e para o rico.

(Tradução: Waldemar Euzébio Pereira / Revisão: Juliana Ribeiro)

Departamento de Ciencias Sociales
Universidad Arturo Prat. Iquique
REVISTA CIENCIAS SOCIALES N 19
Segundo Semestre 2007 pp. 95-117
ISSN 0717-2257

Fonte:http://www.buenastareas.com/ensayos/Corrientes/24451832.html

"Chama não se apague não"

25 BOLEROS ENTRE SAMBAS*

1ª Edição - 2014

AUTOR
Waldemar Euzébio Pereira

EDITORA
Mazza Edições Ltda

PROJETO GRÁFICO
Jorge Quintão

FOTOGRAFIAS
Jorge Quintão

EDITORAÇÃO ELETRÔNICA
Multiverse - Agência de Conhecimento

REVISÃO
Gabriela Pilati Euzébio Pereira
Juliana Ribeiro

WEBSITE
www.waldemas.com

Realizado com recursos da Lei Municipal de Incentivo à Cultura de Belo Horizonte - Fundação Municipal de Cultura.

P436v Pereira, Waldemar Euzébio, 1946 –
25 boleros entre sambas / Waldemar Euzébio Pereira. – Belo Horizonte : Mazza Edições, 2014.

80 p.

ISBN 978-85-7160-643-2

1. Poesia brasileira. I. Título.

CDD: B869.1
CDU: 821.134.3(81)-1

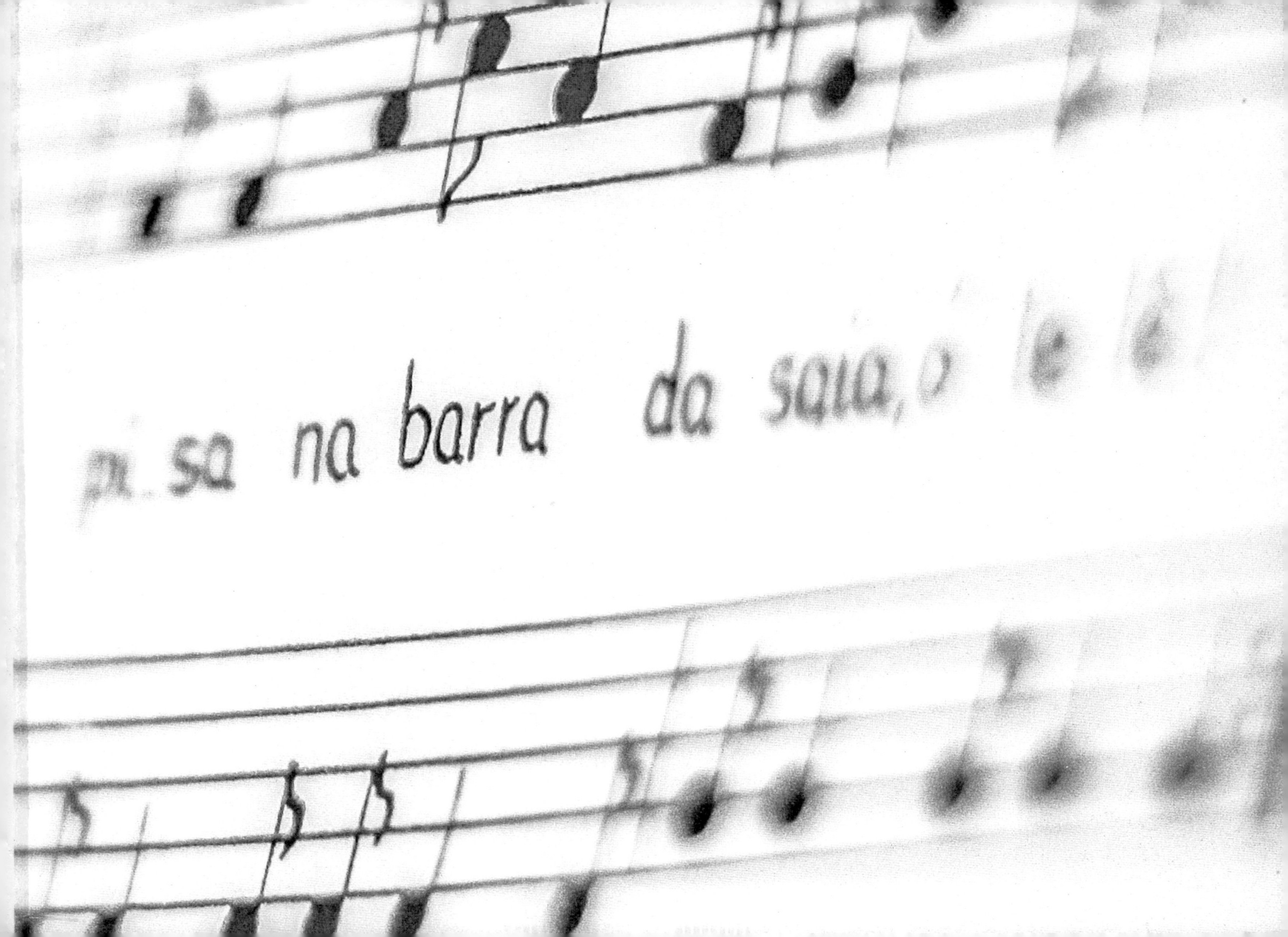
sa na barra da saia,

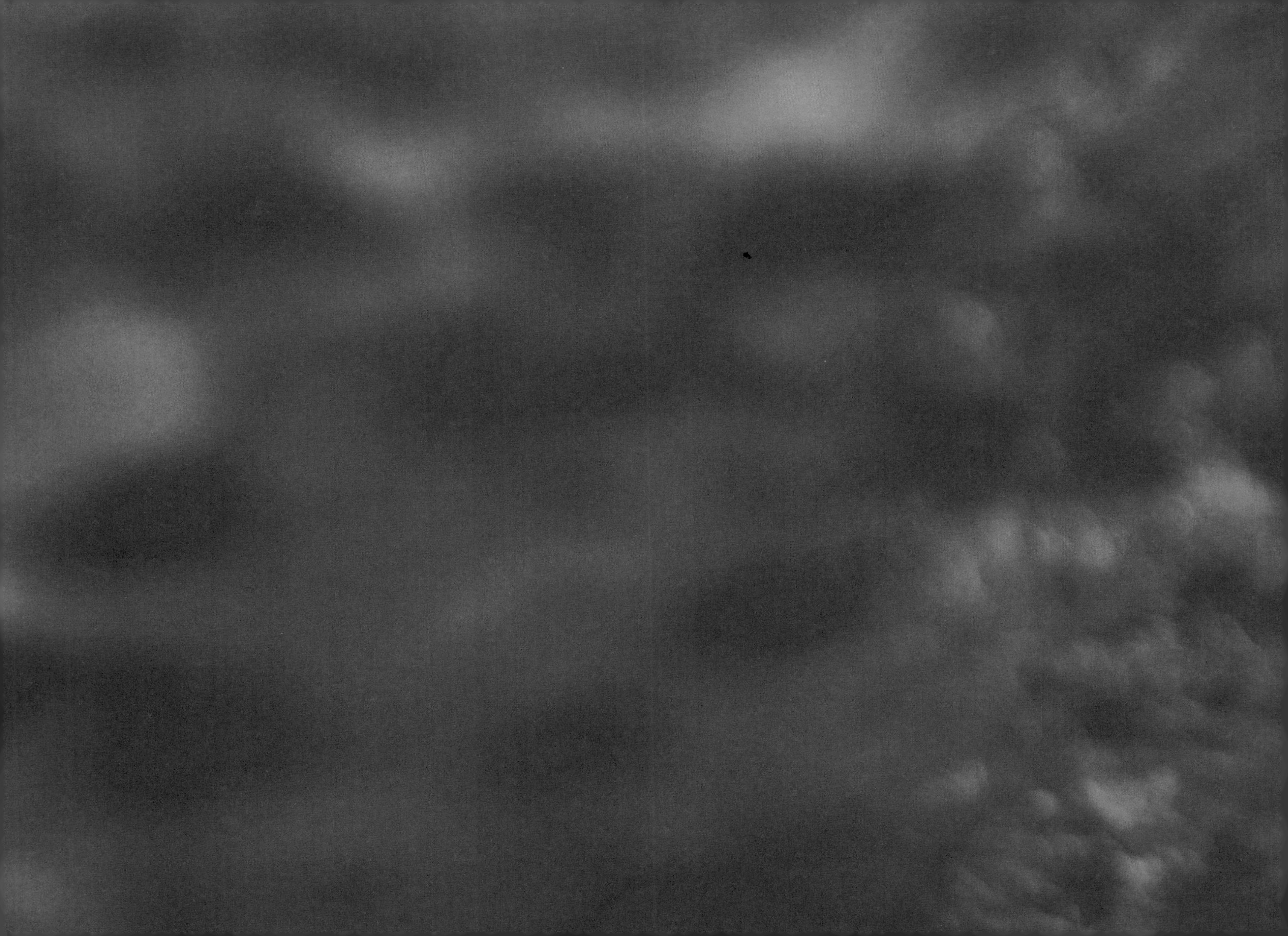